Bia Villela

A GALINHA DOS VIZINHOS E O ALFABETO DA SOPINHA

escala educacional

Nasci em São Paulo. Brinquei muito com o meu irmão gêmeo em casa, no sítio e na praia. Me formei em veterinária e em design gráfico. Sou autora de livros infantis. Invento o texto, a ilustração e o projeto gráfico de cada livro. Ah! Eu e meus filhos adoramos jogar bola, montar quebra-cabeça e andar de patins. Lemos quase todas as noites, antes de dormir.

Um beijo para Fabio Villela, meu irmão, amigão, sabidão.
E outro para Roberto, meu maridão e também sabidão.

escala educacional

COPYRIGHT © ESCALA EDUCACIONAL, 2011

Diretor comercial
Gil Finotto

Diretor editorial
Sandro Aloisio

Editor assistente
Denis Antonio

Assistência de arte
Katia Regina

Controle de processos editoriais
Diogo Oliveira

Projeto gráfico e diagramação
Bia Villela

Produção gráfica
Reinaldo Correale

Impressão
Oceano Indústria Gráfica

São Paulo · 1ª edição · 2011

Copyright © Edições Escala Educacional
Todos os direitos reservados.

Escala Educacional S.A.
Av. Profª Ida Kolb, 551, 3º andar
Casa Verde – São Paulo – SP – Brasil
CEP 02518-000

Tel: (11) 3855-2201
Fax: (11) 3855-2189

www.escalaeducacional.com.br
atendimento@escalaeducacional.com.br

Dados Internacionais de Catalogação na Publicação (CIP)
(Câmara Brasileira do Livro, SP, Brasil)

```
Villela, Bia
   A galinha dos vizinhos e o alfabeto da sopinha /
Bia Villela ; ilustrações da autora. -- São Paulo :
Escala Educacional, 2011.

   ISBN 978-85-377-1592-5 (aluno)
   ISBN 978-85-377-1593-2 (professor)

   1. Literatura infantojuvenil I. Título.

11-04654                                    CDD-028.5
```

Índices para catálogo sistemático:

1. Literatura infantil   028.5
2. Literatura infantojuvenil   028.5

para
Irma Cipriani
e Maria Alexandre de Oliveira.

A GALINHA
DOS VIZINHOS
COME LETRAS
DA SOPINHA.

E AGORA, GALINHA, O QUE VAI FALAR?

OU
AROMA?

CÓCÓ CÓRI CÓCÓÓ

O QUE ELA ESTÁ

NEM AMOR.
NEM AMORA.
NEM ROMA.
NEM AROMA.

NEM AR,
MAR,
MORAR.

AFINAL, O QUE ELA DIZ?